LA

RÉVOLUTION

EST-ELLE FINIE ?

PARIS. — TYP. SIMON RAÇON ET Cᵉ, RUE D'ERFURTH, 1.

LA
RÉVOLUTION
EST-ELLE FINIE?

PAR

LE MARQUIS DE MAILLY-NESLE

PARIS

E. DENTU, LIBRAIRE-ÉDITEUR,

PALAIS-ROYAL, GALERIE VITRÉE, 13,

—

1853

LA

RÉVOLUTION

EST-ELLE FINIE ?

Quelques esprits trouveront peut-être le titre interrogateur donné à cette brochure inutile et surtout intempestif. Pour eux, le rétablissement désormais assuré de la monarchie héréditaire répond suffisamment à toute interrogation et bannit de leur esprit l'incertitude ou la crainte.

D'autres, beaucoup plus nombreux, affirment que la Révolution n'est pas finie et

1

que la situation actuelle est toujours révolutionnaire. Ils la considèrent comme une
phase nécessaire de la longue période anarchique qui dure depuis plus de soixante
années. Ils ne voient aucun remède à un
mal qu'ils qualifient d'incurable; ou, s'ils
y connaissent quelque spécifique, ils s'a-
vouent dans l'impuissance de l'appliquer,
quant à présent, au pays, et ils attendent le
mieux et le salut des chances de l'avenir,
qu'ils n'ont ni la prétention de prévoir, ni
celle de diriger.

L'auteur de cet opuscule n'appartient ni
à la classe, à son avis, trop confiante et trop
superficielle des premiers, ni à l'école dés-
espérée et vaine des seconds. Pour lui, l'action de l'homme est à peu près tout, ou, au
moins, ce qu'il y a de plus certain, quand
il s'agit d'événements humains, du développement de la vitalité des nations, et la

théorie de la force des choses lui paraît une illusion trop commode qu'on doit retourner et appeler de son vrai nom : la *force des hommes*.

S'il n'est pas sûr et de fait accompli que la Révolution soit finie, il espère qu'elle peut être terminée, à de certaines conditions qui peuvent rendre sa résurrection impossible.

Les années qui viennent de se passer sont à peine écoulées, et il semble qu'elles sont déjà loin de nous, car le présent qu'on nous a fait est tellement différent du récent passé, qu'on s'imaginerait volontiers que celui-ci n'a jamais existé ; et beaucoup de gens croient qu'ils se sont exagéré leurs maux et leurs terreurs. C'est un mauvais songe qu'on veut oublier et à la réalité duquel on s'estimerait heureux de ne pas croire. Je conseille d'y croire, et, ne fût-ce

qu'un lourd cauchemar, il peut nous être singulièrement utile. Il renferme de graves en-
seignements, et la pénible impression qu'il
nous a laissée peut avoir plus d'une conséquence heureuse pour notre sécurité future.

N'évitons donc pas d'y réfléchir, afin d'en
éviter la réalisation terrible, plus possible
encore que certains optimistes, par système
ou par nonchalance, ne le prétendent, et,
pour cela, songeons aux causes qui ont produit le mal, senti ou rêvé, afin de nous en
préserver en toute occasion.

Au 2 décembre, une énergique et habile
initiative sauva la société et la France ; si
ce fut un coup d'essai, ce fut aussi un coup
de maître. Une magnifique et impérissable
leçon fut donnée aux peuples et aux souverains des temps à venir ; la grande voix du
sens commun le proclame partout. La société est raffermie sur ses bases, et un cer-

tain avenir de calme et de prospérité lui est assuré, à moins que la Providence ne vienne elle-même détruire l'ouvrage commencé et à la perfection duquel elle paraît s'être si fort prêtée.

Jamais victoire plus heureuse et plus féconde ne fut remportée ; mais il est encore permis à un esprit calme de se demander si tous les fruits qu'on peut tirer d'un aussi éclatant succès sauront l'être en effet. Ne peut-on pas craindre, dans l'intérêt de tous et dans celui du parti vainqueur lui-même, qu'il ne puisse lui être dit un jour, comme à un autre célèbre vainqueur aussi : *Vincere scis, Annibal, victoria uti nescis.*

L'histoire inscrira-t-elle la date du 2 décembre comme un brillant fait militaire et politique, ou comme une date solennelle ? Sera-ce Cannes ou Actium ? Là est toute la question.

1.

Malgré le calme réel qui règne plus ou moins à tous les degrés de l'échelle sociale, malgré l'heureuse et inouïe subversion dans les idées et dans les mobiles des masses populaires, je pense qu'il est utile, parce qu'il est vrai de dire, que les causes, l'origine du mal révolutionnaire, existent toujours, et que, par conséquent, la résurrection de la révolution n'est non-seulement pas impossible, mais est même rigoureusement nécessaire, dans un temps donné, si le mal n'est pas attaqué à sa racine.

Certaines causes ont produit ou laissé se produire ce singulier état d'anarchie, plus ou moins grave, plus ou moins palpable, mais toujours persistant, où nous sommes depuis soixante ans. Or, je maintiens que ces causes subsistent encore, et que la révolution se lèvera de nouveau.

On me répondra, je le sais, que jamais

l'anarchie n'a été sérieusement réprimée,
qu'elle le sera désormais avec une habileté
dont nous avons des preuves rassurantes,
et que cela suffit pour anéantir toutes
ses chances de victoire. Cette réponse ne
me paraît pas décisive. Nul législateur n'a
compté sur une habile répression pour arrêter un mal produit par l'état social. C'est
toujours dans la constitution même de la
société, dans son état normal, qu'il a cher-
ché à placer le remède. Autrement, la durée du bien-être, de la grandeur, et souvent
de l'existence d'un peuple, aurait été toute
aléatoire et presque nécessairement bornée
à la vie du législateur lui-même.

Nous ne pouvons nous mettre au-dessus
de ces conditions générales et constitutives
des sociétés, et c'est dans son sein même,
dans la partie la plus essentielle et la plus
intime de sa constitution, qu'il faut aller

chercher le principe ennemi et l'extirper.

Les causes générales et particulières des trois grandes révolutions dont nos pères et nous avons été témoins ont été recherchées et données avec plus ou moins de bonheur. — Leur multiplicité apparente a souvent été ramenée à l'unité. Quelques hommes ont été frappés de certaines d'entre elles, et ont donné pour raison générale, les uns, l'envahissement des idées libérales, d'autres, la surexcitation des mauvais instincts du peuple, ou encore la caducité et l'inhabileté du pouvoir. Toutes ces origines sont vraies ; mais je crois qu'il y a un principe plus universel, une cause véritablement plus générale à l'état maladif de la société moderne, dont nos trois révolutions ont été les principales crises. Ce mal secret et intime, *c'est l'abaissement intrinsèque, la diminution progressive de valeur des classes élevées.*

Par conséquent, c'est à la tête même de la société que le mal a toujours eu son siége, et de là s'est répandu peu à peu, en se généralisant, jusqu'à l'année dernière qui menaçait de clore l'histoire d'un grand peuple et de laisser un vide dans les annales du monde, comme sur la carte d'Europe.

C'est donc au sommet de l'échelle sociale qu'il faut appliquer le remède, si l'on veut que les mots pompeux de régénération et de progrès ne soient pas pure chimère.

Cette vérité est dure à dire, quand on fait précisément partie des plus coupables, et il n'est pas très-étonnant que les écrivains, nobles ou bourgeois, de nos stériles agitations des temps modernes, aient peu insisté sur cette vérité, ou l'aient présentée d'une manière moins absolue; c'est peut-être ce qui fait qu'il peut encore y avoir quelque chose de neuf à dire sur un sujet d'ailleurs si connu et souvent si habilement raconté.

Telle est, suivant ma pensée, la cause la plus générale, la plus compréhensive, de toutes nos misères, de tous nos dangers, la plaie qu'il faut, à tout prix, guérir.

1

L'esprit moderne avait fait son apparition
dans le monde, et déjà, sous son souffle
pénétrant, de grands changements s'opéraient au sein des sociétés vieillies. Les souverains et ceux qui, près d'eux, marchaient
à la tête des nations, étaient les plus ardents
et les plus puissants novateurs, tandis que
les masses inférieures devaient ignorer,
bien longtemps encore, les changements
qui s'opéraient au-dessus d'elles, et de-

vaient, tôt ou tard, les pénétrer. Les idées, les penchants, les tendances, les mœurs, se modifiaient de génération en génération et se préparaient à la révolution. Ces profonds changements se faisaient surtout remarquer dans la haute noblesse, cette grande et puissante expression de la nation tout entière; classe dont l'histoire est celle du pays lui-même, et dont les noms illustres qui la composaient étaient des titres de gloire pour le pays.

Puissantes autrefois par elles-mêmes, fières et invaincues dans leurs possessions seigneuriales, relevant plus encore de leur propre puissance indépendante que du roi, qu'elles reconnaissaient, il est vrai, pour leur chef, mais plutôt à titre de premier entre les gentilshommes qu'en qualité de maître et de souverain sans condition, ces grandes existences, issues du sol, attachées à lui par tous les intérêts, par leur extraction et leur condition d'être et de durée, représentaient le caractère et les instincts du pays, dont elles étaient la pensée la plus élevée. C'était véritablement l'élite de la nation, revêtue de la partie la plus active et la plus compréhensive du pouvoir, qu'elle avait d'ailleurs, autrefois, exclusivement possédé, gouvernant le pays, de concert avec le pouvoir royal, sans condition, sans rétribution, et, en quelque sorte, seulement pour l'honneur et celui du pays.

Le gouvernement actuel de l'Angleterre nous est l'image la plus fidèle que nous puissions avoir, en nos temps actuels, de l'ancienne société française. Avec ces différences que la soif de la richesse n'avait pas déshonoré la noblesse de France et ne l'avait pas poussée, comme celle-là, à entraîner la nation dans la voie pernicieuse de l'industrie progressive et universelle, que nous voyons aboutir aujourd'hui aux impasses du libre échange.

Si, comme cela s'est vu en Angleterre, la haute noblesse ne nous a pas dotés de ces grandes institutions parlementaires, de ces assemblées d'élite qui ont brillé d'un si vif éclat chez nos voisins, c'est que le pouvoir royal, jaloux et imprévoyant, de bonne heure sans rival en France, arrêta le développement des institutions nobles et les empêcha de se modifier en traversant les siècles nouveaux, tant en les écrasant sous l'action immédiate du pouvoir central qu'en leur substituant la classe bourgeoise, devenue majeure à l'ombre tutélaire de la suprématie de la noblesse, et les institutions bourgeoises, par les parlements et par tous les moyens à sa portée.

Les temps avaient marché et la haute noblesse, égarée, d'abord malgré elle, hors de ses voies, se trouva de plus en plus exclue du mouvement général de la société, qui, en cessant de subir sa direction, s'éloignait aussi de plus en plus du caractère et de l'esprit de celle-ci, qui tendit alors à devenir, en quelque sorte, étrangère ou moins utile au pays.

Aussi, que voyait-on tous les jours se passer dans nos provinces, naguère si fortement organisées ? Le gentilhomme de haut parage abandonnait son existence provinciale, le donjon fortifié de ses ancêtres, pour un château commode et plus commodément situé, et enfin celui-ci, pour l'hôtel de la grande ville, où il allait désormais dépenser son revenu en plaisirs et en aises de toute espèce. Tout tendait à cette transformation : les améliorations matérielles, la cessation des guerres intestines, l'anéantissement des existences souveraines des seigneurs. Mais une cause plus active que toutes les autres hâtait singulièrement la subversion de l'ancienne puissance terrienne.

C'était l'action du pouvoir royal, qui, depuis Louis XIV, aimait à s'entourer des grandes illustrations du pays pour en orner un palais, une cour splendide qui devenait peu à peu le champ unique où se dispensaient honneur et fortune. Cet attrait puissant agit surtout, comme de raison, sur la portion la plus puissante et la plus élevée de la noblesse, et, il faut le dire, tout en faisant ses réserves en faveur de certaines exceptions, la décomposa plus ou moins complétement. Le grand seigneur, transformé en courtisan, glissait sur cette pente rapide qui le conduisait au roué de la régence; dès lors, on peut dire que la France fut décapitée ; car la tête de la société cessait d'être digne de commander au corps et aux membres.

L'ancienne organisation, fondée sur l'é-gémonie de la noblesse, suprématie sans cesse achetée au prix du sang, méritée incessamment par le sacrifice et le maintien constant d'une supériorité pratique, était détruite, ou plutôt, pour qu'elle eût continué à subsister en apparence, il eût fallu que l'ancienne suprématie fût désormais aussi peu méritée qu'elle l'avait été autrefois ; que le courtisan, haut dignitaire de par le boudoir et les caprices du souverain, fût récompensé par la même considération et le même pouvoir que le gentilhomme exclusivement voué aux affaires du pays, et dont chacune des prérogatives rappelait un service rendu ou un devoir à remplir.

2.

Un tel abus ne se devait ni ne se pouvait, en aucun temps, et pas, surtout, à une époque de calcul, de critique, où le prestige avait de moins en moins de prise.

Enfin, après la première et terrible explosion révolutionnaire, la situation était-elle changée ? En perdant ses prérogatives, la classe noble s'était-elle retrempée dans de rudes épreuves ? le mal, issu peut-être de ses richesses et des éblouissements de brillantes positions, était-il arrêté ?

La cour d'autrefois n'était plus, et pour la majorité de la haute noblesse, restée fidèle à la légitimité héréditaire, sous le règne de Louis-Philippe, c'était une puissante cause d'abaissement de moins. Cependant, à d'aussi dangereuses splendeurs s'étaient substituées de plus fatales habitudes.

L'ancienne cour avait inoculé à tous ceux

qui la hantaient un goût décidé pour Paris, et ni l'émigration, ni les malheurs des temps, ni la diminution des fortunes, suite des désastres révolutionnaires, et encore plus, du nouveau Code civil, n'avaient pu décider ni les vieux ni les jeunes de l'époque à changer leurs habitudes parisiennes : Versailles n'était plus; Paris devait le remplacer.

Autrefois au moins on avait été vicieux avec noblesse, et le plus vilain vaurien, ne se fût-il que frotté aux habits brodés des grands seigneurs de la cour, en avait appris un ton et des manières inimitables. Mais le règne de la bourgeoisie avait changé les proportions des hommes et le cachet des choses, les manières de la Restauration et encore bien plus de la royauté de Juillet sentaient peu et rappelaient de moins en moins le parfait gentilhomme de cour d'autrefois ; rien ne s'améliorait, mais tout changeait en s'abaissant ; le costume et le langage en étaient les signes peu équivoques. D'une génération à l'autre, la différence était grande, et, pour peu qu'on ait vécu une vingtaine d'années dans le monde parisien, durant cette période, on a pu souvent faire de douloureuses et frappantes comparaisons. La mode se constituait en puissance et avait pris l'anglicanisme pour son génie, adoptant seulement ses niaiseries, sans y chercher un enseignement quelconque. Triste génie pourtant qui faisait d'un homme un maquignon ; de ceux qui auraient dû donner l'exemple de beaucoup de bonnes choses, les sots imitateurs de ridicules étrangers.

II

Autrefois, quand il fallait traverser notre pays si coupé et si diversifié pour un voyage un peu long, c'était une grosse affaire, et il en était résulté que le Français, et surtout celui des provinces éloignées, était peu voyageur ; aussi la petite noblesse vivait-elle fort retirée, conservant ses traditions menacées de tous côtés, et, lorsque le fils de famille revenait de la ville, où il avait été passer une partie de son adolescence ou de sa jeunesse, il se retrouvait dans un milieu si fortement empreint du caractère traditionnel, que force lui était d'en revenir aux habitudes et aux mœurs paternelles. Mais la longue paix du règne de Louis-Philippe devait changer complétement cet état de choses, les chemins les plus mauvais devenaient d'excellentes chaussées, et les recoins les plus cachés du territoire étaient fouillés et percés comme un jardin. Ni les bocages de la Vendée, ni les montagnes de l'Auvergne ou du Dauphiné ne purent échapper à cette fièvre, bien augmentée encore par les efforts de toute la classe nombreuse des ingénieurs, intéressée à grandir son importance et à s'attirer les libéralités du budget.

Le résultat le plus immédiat et le plus inévitable de cet état de choses fut de rendre l'action des villes plus irrésistible sur les campagnes, et d'y pousser les populations de plus en plus altérées de jouissances et travaillées de désirs confus. Les chemins n'étaient qu'un prélude ; les voies de fer allaient agir sur la société avec une bien autre activité, et la pousser bien autrement vite vers un avenir encore inconnu aujourd'hui.

Les jeunes gens de famille un peu riches accoururent alors à Paris, où l'on réunissait à l'envi toute l'autorité et toutes les merveilles. Dès lors, la tradition devait disparaître, et en peu de temps la petite noblesse, ou la noblesse de province, devait, de prime-saut, en arriver à l'état de la haute sans subir les mêmes transformations.

Chaque province avait de soudaines métamorphoses à enregistrer. L'antique bonhomie de la gentilhommerie faisait place au chic du boulevard parisien, qui allait se trouver drôlement mal à l'aise dans la vieille et froide gentilhommière paternelle, qualifiée de chathuanterie. Patience ! tout cela devait disparaître, ou tout au moins s'enrichir de tout le clinquant et le confortable du siècle le plus sensuel et le plus commode.

Chacun a pu observer à son point de vue les changements profonds d'une portion considérable de la nation française.

Tels gens dont les parents portaient encore, il y a quarante ans, le costume local, sans croire déroger, qui se donnent aujourd'hui le genre de se trouver ridicules en se faisant habiller par le tailleur du chef-lieu de leur département.

En dehors de ces raisons d'abaissement et de déviation de l'esprit ancien que nous venons de voir et de considérer comme causes de ruine de la noblesse en général, il y

en avait encore une et des plus considérables, quoique fortuite et évitable, qu'il est
utile de rappeler et de caractériser.

L'immense majorité de la classe noble
resta fidèle au principe d'hérédité légitime,
et fut, par cette si honorable fidélité même,
exclue, à partir de 1830, de la vie active, de
toute part au gouvernement, à la vie même
du pays. Le serment fut pour elle le Rubi-
con qu'elle ne consentit jamais à passer.

La conséquence naturelle de ce parti pris
fut une perte croissante d'influence auprès
des populations. Les gentilshommes, exclus
de toutes les positions, de toutes les carrières, durent forcément vivre à l'écart. Ne
pouvant plus rendre de services, se consa-
crer aux intérêts du pays, leurs relations
durent se restreindre tous les jours. Les
masses populaires les abandonnèrent peu à
peu. Enfin d'autres hommes moins scrupu-

leux, mais plus clairvoyants, ayant pris leurs places, occupé leurs grades, devinrent plus aptes qu'eux aux affaires et plus indispensables à n'importe quel gouvernement, et c'est pour cela que l'on vit, après 1848, le spectacle singulier des affaires revenant d'elles-mêmes aux orléanistes vaincus, désespérés de la nouvelle révolution, tandis que les légitimistes, qui applaudissaient à la chute de la dynastie de Juillet, restèrent sur le second ou le troisième plan.

Il en résultait, à leur insu et malgré eux, que toutes leurs chances de réussite se perdaient, et que leurs antagonistes, leurs rivaux, contre lesquels s'était accomplie la subversion de Février, avaient plus d'espérance fondée de tourner cette révolution à leur profit qu'eux-mêmes, qui applaudirent à son principe, et pour lesquels elle paraissait pouvoir avoir été faite.

Mais une conséquence, à mon avis, plus grave et plus fâcheuse encore de cette situation isolée et négative, devait frapper la noblesse royaliste : c'est que l'avenir et l'éducation de toute une génération étaient manqués et perdus pour elle. Aussi, jamais et nulle part la décadence ne fut plus rapide, la différence du père au fils plus frappante.

Quoique la vie occupée ne donne pas aujourd'hui l'éducation forte et compréhensive qu'elle devrait et pourrait peut-être donner, néanmoins tout travail, quel qu'il soit, toute vie active, étant essentiellement moraux, donnent toujours plus ou moins le sentiment du devoir, l'esprit de subordination. Il en résulte, pour les jeunes hommes soumis de bonne heure à la vie militaire, diplomatique ou seulement politique, une grande supériorité, tant en capacité qu'en justesse de jugement, sur celui qui aura été élevé à la couleur de son esprit, des idées plus ou moins conséquentes de directeurs souvent peu éclairés ou indifférents, et enfin trop souvent au gré de la mode et de la futilité du siècle.

Le jeune homme de famille, cependant, se trouva, après 1830, précisément dans cette fâcheuse situation. Jeté dans une société où tous les freins vont chaque jour en s'affaiblissant, en butte à toutes les tentations de l'aisance ou de la fortune, il ne résista pas aux agents destructeurs auxquels sa position si fausse le livrait. On vit s'élever une génération nouvelle, ayant peu de rapports avec celle de laquelle elle provenait directement. Élevée dans des colléges où l'esprit voltairien dirigeait l'éducation scolaire, nourrie des romans de l'époque actuelle, imbue des principes sensualistes qui envahissaient les esprits, lancée ensuite presque toujours sur le pavé glissant des grandes cités, elle se forma sur le patron on peut dire le plus antipathique au gentilhomme, le plus en contradiction avec les instincts de l'ancienne noblesse de France, et même avec les tendances secrètes de la grande majorité de la nation, restée, il faut l'avouer, plus française que les fils de ceux qui avaient jadis été ses modèles, le moule où le caractère national s'était formé et conservé pendant des siècles.

Le château se transformait en une maison de plaisir et même en boudoir parisien, le gentilhomme en chicard ; il n'y avait pas jusqu'à l'antique tournois qui n'eût peut-être sa contre-partie à la Redoute et à la Courtille. C'est à cela que profitait désormais l'activité française.

L'ancien seigneur terrien aux goûts simples et faciles à contenter, ennemi du luxe, ami du sol et de ses produits comme des plaisirs qu'il offre tout naturellement, disparut pour faire place à ce type si connu, qu'il est ennuyeux de le décrire, et qui se reconnaît partout à l'exhibition de toutes les prétentions unies à toutes les incapacités, amateur d'étrangetés, de chevaux et de mots anglais, contempteur de tout ce qui est local, national et surtout provincial; ami ou plutôt habitué du luxe et du confort, inconnu au pays, qui ne sait son existence que par son costume débraillé et ses propos excentriques, et est lui-même encore plus ignorant de l'esprit des populations au milieu desquelles et par lesquelles il vit.

Jamais, en un aussi court espace de temps, chute n'avait été plus complète. Le père ne reconnaissait pas son fils, et le fils rougissait de son père.

Telle fut la suite, la conséquence, à peu

près forcée, de l'oisiveté où la retraite, d'ailleurs si honorable, du grand parti de l'hérédité monarchique légitime, jeta toute une classe importante, toute une génération qui, on peut le dire sans être taxé de pessimisme, n'élèvera pas mieux qu'elle ne l'a été celle qui va lui succéder, à moins que des institutions nouvelles, un esprit nouveau, ne l'entraînent loin des mêmes errements.

La petite noblesse fut plus frappée que la haute. La haute avait déjà subi Versailles et la cour, la petite était restée intacte : aussi le contraste fut-il plus frappant ; d'ailleurs, elle possédait à un moins haut degré cet esprit de caste et de famille qui soutient quelque temps les hommes au milieu de la médiocrité générale.

La France était donc désormais sans guide assuré : la monarchie toute seule n'est qu'un pilote d'aventure.

C'est en cet état d'abaissement honteux que la révolution, occasionnée d'abord par de misérables intrigues, attaqua la royauté et la noblesse. Elle ne rencontra que des hommes de salon, des grands noms sans valeur personnelle, des héros de boudoir, des diseurs de fadaises philosophiques. On sait ce qu'il en advint : elle prit la bourgeoisie pour son soldat, et lui posa sa couronne d'épines.

III

L'ancienne France disparaissait, le libéralisme et la bourgeoisie prétendirent en créer une nouvelle ; mais la révolution marchait, et les éclaira bientôt sur leurs véritables forces et sur la valeur de leurs impuissants principes, en les faisant passer sous les fourches caudines du despotisme d'un Robespierre et de l'ochlocratisme sanglant de Marat, d'Hébert, et autres rebuts de la société.

Une grande brèche était donc faite à l'édifice social : la noblesse, après avoir oublié ses traditions et son intérêt pour ses plaisirs, s'était laissé arracher ses priviléges, abolir ses conditions vitales, et la royauté l'avait suivie dans sa chute.

L'ère révolutionnaire ne faisait que commencer, de nouvelles ruines allaient recouvrir les premières.

La bourgeoisie, avant la révolution, le sanctuaire de la vie de famille, de la médiocrité honorable et probe, partie saine et éclairée de la nation, devait nécessairement être attaquée de la gangrène révolutionnaire, la dévastation devait descendre à elle, après avoir fait le vide au sommet de la société. L'irréligion, le philosophisme, le libéralisme le plus extravagant, étaient ses plaies béantes et faisaient vibrer en elle plus d'une corde sensible ; et, bien moins

encore que la noblesse, elle devait se sous-
traire à d'analogues et non moins puissantes influences. Quoique placée dans des
conditions entièrement différentes, elle té-
moignait aussi du même attrait pour le pa-
risianisme qui menaçait de se substituer au
caractère français.

Les couches les plus profondes se modifiaient promptement et se distinguaient de
la portion la plus élevée par leur turbulente
indocilité et leur penchant plus avoué pour
les principes subversifs de tous genres, que
le langage à contre-sens du jour qualifiait,
par une singulière et dangereuse inversion
de mots, d'idées avancées.

Répandue dans toutes les petites villes de
province, et y ayant accaparé tous les em-
plois, toutes les positions, la petite bourgeoisie jouissait d'une influence énorme sur
les populations de toute la France, et c'est

par son auxiliaire que les doctrines socialistes s'y infiltraient, prêchées d'abord, par
d'habiles sectaires qui dirigeaient facilement tout ce lourd et triste professorat.

Une des institutions les plus détestables
que nous ait léguées la monarchie de Juillet,
l'école normale, contribuait, en outre, ex-
ceptionnellement à la généralisation des
plus mauvaises doctrines parmi le peuple.

Il était temps que la mesure fût comblée
et que la crise éclatât, tandis que le malade
avait encore assez de vitalité pour résister
aux forces de la dissolution.

Nul doute que, bien avant nos tardives
rechutes, lorsque le mal était encore loin
d'avoir atteint le développement qu'il devait
plus tard lui être donné de prendre, dès la
fin du siècle dernier, l'histoire révolutionnaire, à bout d'excès, forcée dans ses propres inconséquences mortelles pour le pays,

eût été close dans un naufrage universel,
sans l'intervention providentielle de l'homme
de génie qui vint sauver la France de ses
furieux égarements et de ses redoutables
ennemis.

La société parut sauvée, elle se raffermit ;
comme aujourd'hui, l'ordre et la raison
firent place à la violence et aux théories im-
béciles, et on put croire l'avenir assuré.
Le mal était arrêté par une main puissante,
mais la cause subsistait, il fallait du temps
pour la détruire ; le temps ne fut pas accordé.

Deux gouvernements succédèrent l'un
après l'autre à l'Empire, et, quoique si différents par leur origine et par leur caractère, ils furent, dans la pratique et la direction générale qu'ils imprimèrent ou laissè-
rent imprimer à la société, assez peu dis-
semblables pour ne former qu'une seule

période, la période constitutionnelle, avec une constitution imitée de l'Angleterre, sans imitation de la seule base solide et caracté-ristique de la constitution anglaise, une aristocratie forte et ayant la plus grande part au gouvernement du pays.

Pendant trente-quatre ans, ces deux gou-vernements tentèrent la pratique de cette forme nouvelle de gouvernement qui con-duisit l'un et l'autre à deux catastrophes. Ce fut le règne de la bourgeoisie, les temps d'essai pratique du libéralisme de 1789. Leur politique, assez semblable sous cer-tains rapports, fut de louvoyer continuelle-ment entre toutes les craintes, de caresser ses ennemis et de peu compter sur ses amis; système médiocrement honorable, condamné par l'histoire et l'expérience des hommes, qui ne réussit ni à l'un ni à l'autre, et les conduisit tous deux, par deux explosions imprévues, à de soudaines chutes et à l'exil.

C'est pendant cette période de paix profonde, de calme apparent et de prospérité matérielle, qu'il faut surtout étudier les progrès du mal social. Son action fut lente, mais sûre.

Nous y verrons les classes hautes et moyennes, vouées par des causes différentes à un manque absolu de direction, s'énerver et se désorganiser chaque jour, les partis politiques s'émietter et toutes les classes baisser de valeur, quoique dans d'inégales proportions.

Ce fut un temps de doute et de relâchement général, le règne du faux en toutes choses, l'époque de la toute-puissance du bavardage, c'est-à-dire de la parole pour elle-même et non pour la raison qu'elle exprime.

Comme tout parti qui arrive au pouvoir, la bourgeoisie, maîtresse de la situation en 1815 et bien plus encore en 1830, aurait pu s'organiser à son aise, s'assurer contre ses propres tendances à la désorganisation, en même temps que contre l'agression de ses ennemis extérieurs ; mais la bourgeoisie était alors avant tout révolutionnaire ; pénétrée et idolâtre des idées confuses et pour la plupart impraticables du vieux libéralisme, pleine de contradictions et d'inconséquences, elle élevait un trône et l'entourait d'institutions anti monarchiques, mettant ainsi celui qu'elle y avait assis dans la nécessité d'en descendre tôt ou tard, ou, pour régner, de manquer à tous ses engagements en se débarrassant de ses entraves chères à la bourgeoisie.

Elle resta, pendant toute la durée de sa puissance, une force confuse, considérable, mais attaquable de tous les côtés, en opposition continuelle avec elle-même et avec son gouvernement ; rêvant liberté, égalité, initiant le peuple aux plus dangereuses de ses illusions et le contenant à coups de fusil, lorsque celui-ci venait demander la réalisation de ces fausses promesses.

Elle appelait l'industrialisme un progrès ; c'était pour elle un moyen d'augmenter ses richesses, qu'elle venait convertir en aises et en plaisirs de toute espèce dans les grandes villes du royaume et principalement à Paris, où le peuple, entassé outre mesure et, par conséquent, nécessairement malaisé ou misérable, savourait du regard et de sa haine jalouse tout ce bien être fastueux, toute cette civilisation extérieure et efféminée. Des trésors de colère et de vengeance devaient s'amasser à ce contact par trop immédiat d'extrêmes aussi opposés ; c'était la juxtaposition du feu et de l'eau, il devait en surgir un volcan : 1848 approchait.

Et cependant, quelques années auparavant, un des hommes dont le nom rappelle la toute-puissance de la bourgeoisie, déclarait en pleine Chambre des pairs que, dans les dix départements les plus manufacturiers de France, sur dix mille jeunes gens appelés sous les drapeaux, huit mille neuf cent quatre-vingts étaient infirmes ou difformes, tandis que, pour le même nombre, les départements agricoles n'en présentaient que quatre mille vingt-neuf, et cependant pas un département français n'est industriel sans être agricole, et pas un non plus n'est agricole sans être tant soit peu industriel. Mais cela n'empêchait pas les journaux de pousser aux progrès de l'industrie manufacturière. La construction d'une filature était célébrée comme un indice de progrès et de civilisation pour le pays ou elle s'établissait. Les parties purement agricoles du territoire n'inspiraient qu'un intérêt secondaire.

Le mal était donc universel, et, si l'erreur s'emparait des esprits, les corps n'étaient pas mieux traités : tous les jours le torrent des douleurs physiques et des vices de l'âme voyait, au nom du progrès, grossir ses ondes empoisonnées de nouveaux affluents. Pauvre peuple de France !

A part de rares et brillantes exceptions, le véritable esprit national s'effaçait partout ; plus conservé encore dans une petite partie de la gentilhommerie provinciale et dans le peuple agricole que partout ailleurs. Là, seulement, on retrouvait encore souvent l'originalité des anciennes races, les goûts, les mœurs d'autrefois. Là aussi, seulement, devait être, dans un avenir prochain, la solution, le remède à tant de maux.

Quelques hommes, aux deux extrémités de l'échelle sociale, tenaient bien des discours ou écrivaient des pages en flagrant désaccord avec le concert général de l'optimisme du monde des heureux; mais ces voix étaient étouffées, et la direction de la société restait la même. Le socialiste Louis Blanc écrivait plus d'une page triste, mais vraie. En 1845, dans son livre sur l'Organisation du travail, il pouvait écrire : « que, dans l'état présent de la société, les chemins de fer étaient une calamité, » et le socialiste disait vrai, tant qu'il se bornait à la critique du monde actuel, qu'il dépeignait avec talent dans les sombres et navrants tableaux qu'il en faisait.

Mais les écrivains de la bourgeoisie ne voulaient rien entendre, et l'Europe tout entière s'humiliait peu à peu devant les principes de 89, si extraordinairement goû-

tés par tous les peuples de race germanique.
Néanmoins, ces protestations étaient déjà
une réaction, la divinité du laissez-faire
était mise en doute, le socialisme en était la
terrible et logique contre-partie ; c'était le
produit d'un vague désir d'autorité mis au
service de haineuses passions ou de gros-
sières erreurs.

Si, par hasard, livré aux loisirs d'une retraite volontairement occupée, dans le calme
des passions et des éblouissements de la vie
active, ou seulement distraite par le tourbil-
lon des plaisirs, on se plaît à relire quel-
ques-unes des pages sévères qu'a écrites
Plutarque, ce guide de l'homme politique
pratique, ou bien, si on se reporte par la
tradition de famille, ou par quelque fruc-
tueuse lecture, vers notre ancienne histoire
nationale, la vie de nos ancêtres, leurs
mœurs, leurs adages qui en dérivaient,

leurs croyances sociales, ou bien encore, si, recherchant l'émouvant spectacle de l'histoire générale, on s'y pénètre de ces maximes et de ces croyances qui résument l'expérience et la sagesse des peuples, n'est-on pas bientôt involontairement frappé du contraste de toute cette science acquise et de nos mœurs et de nos idées actuelles? et n'est-on pas tenté de croire que ce sont autant de condamnations de notre siècle et de notre pays? Quel parallèle établir entre nos mœurs et celles des peuples doués de quelque vitalité, ou plutôt, et c'est là le plus triste, quel parallèle ne peut-on pas établir, entre nous, tels que la révolution nous a faits, et les peuples qui sont tombés et devaient tomber?

Le penseur sérieux, de race et de cœur véritablement français, ne doit-il pas craindre pour son pays et se préoccuper d'un avenir où rien de consolant ni d'assuré ne saurait être aperçu ?

Le dix-neuvième siècle s'apprêtait donc à fêter sa cinquantaine, qu'il n'avait point encore songé à s'effrayer de rien ; son solide édifice pouvait s'écrouler en trois jours, qu'il célébrait son invincibilité ; le socialisme était à la porte, qu'il en ignorait le nom. O gens habiles !

IV

Enfin, les journées de Février arrivaient :
il était temps, car le mensonge, sous toutes
les formes, menaçait d'étouffer la vérité :
la société assoupie, fatiguée de bien-être et
de satisfaction, allait se trouver seule en
face d'un monde inconnu régi par les di-
vinités brutales du socialisme le plus désor-
donné.

La Révolution de février, beaucoup plus

que ses devancières, caractérisait véritablement l'esprit révolutionnaire moderne.

Autrefois, en 89 et en 93, la Révolution
avait été faite et conduite par des hommes
formés à l'école ancienne. On ne saurait trop
insister sur cette vérité, qui ôte à la Révolution son prestige pour ce qu'elle peut avoir
fait de grand.

C'était la France véritable, telle que quatorze siècles de gloire et de sagesse relative
l'avaient faite, embrassant une erreur at-
trayante et s'y employant avec toute sa force
originale et native. La Révolution, pour eux,
était toute une doctrine, et ils s'y consa-
craient comme on se consacre à une vérité.
C'était des protestants se battant contre des
catholiques, des mécréants contre des chré-
tiens, Bélial ou Jupiter contre le vrai Dieu.

En 1848, toute foi était morte au camp
révolutionnaire, et ce n'était plus, comme

autrefois, des révolutionnaires seulement, mais bien aussi de vrais révolutionnés de cœur et d'esprit, qui entreprenaient de faire triompher leur sanglante idole sans avenir et sans vie, même à leurs yeux. Les luttes de principes avaient cessé d'en être ; il ne s'agissait plus que de la satisfaction des plus bestiales convoitises.

L'étude même la plus superficielle des doctrines socialistes suffirait à mettre cette palpable vérité en évidence, et jamais anarchie n'avait enfanté plus grotesques productions : c'était tout un monde de chimères et de fantasmagories. On se serait cru volontiers devant quelque toile de Breughel, avec force monstres et diablotineries.

Au milieu du marais révolutionnaire, on distinguait les tronçons d'idées mystiques de Pierre Leroux à côté des impudicités drôlatiques de Considérant, que cherchait à écraser, de sa lourde massue, le pâteux sophisme de Proudhon.

La France délirait comme un malade ; mais cette crise était nécessaire, et l'excès des maux et des folies était un mal utile dans ce siècle d'abandon et de laisser-aller, où l'autorité avait disparu.

Il devenait évident, pour tout penseur sérieux, que la Révolution, tant exaltée par les écrivains de la bourgeoisie, comme une force nouvelle, l'inauguration d'une ère d'avenir, la grande régénération européenne, forcée, de conséquence en conséquence, à se montrer telle qu'elle était, sans masque ni fantasmagorie, n'était rien qu'une grande syncope sociale, une force au-dessous de zéro, un mal mortel, comme la gangrène ou la peste, rien de plus. Il devenait de fait acquis pour l'histoire qu'elle fut une grande décrépitude, un grand vide, une négation universelle, et l'affirmation de rien, ni dans le bien, ni dans le mal. C'est ce que comprenait certainement le premier consul lorsqu'au sortir de la tourmente, après l'explosion et la victoire des idées libérales, il reconstituait la société sur ses bases les plus anciennes, prenant les coryphées, les grands hommes du libéralisme, pour ses plus obéissants manouvriers dans sa grande œuvre de reconstruction.

Tel fut le carnaval de février, farce à mourir de rire si on avait pu se distraire un moment seulement des épouvantables suites qu'elle pouvait et devait nécessairement avoir. La situation de la France était affreuse, la Révolution l'avait mise dans une impasse, et il était évident qu'il n'y avait pas d'issue, pas de solution en vue et praticable. Il paraissait difficile que la société ne fût pas mise à sac et à sang, et livrée, sanglante et demi-morte, à l'insulte et au déshonneur de l'invasion.

A d'autres époques on avait vu tout autre chose ; au temps de cette terrible guerre anglo-bourguignonne ; au temps des Jacques, des discordes religieuses, la lutte entre le bien et le mal avait été interrompue, acharnée, et avait toujours fini, sans aucun secours étranger, par la victoire définitive du bon parti.

En 1848, le spectacle était tout différent ; il n'y avait eu, à vrai dire, ni lutte, ni guerre civile ; trois jours avaient suffi pour abattre cette société du dix-neuvième siècle et pour la livrer, tout entière, aux Jacques et aux huguenots.

La cause principale de cette différence frappante était surtout dans la différence de valeur des classes élevées.

Au temps d'anarchie révolutionnaire des

règnes de Charles VI et de Henri III, malgré la corruption et la perversité d'une
bonne partie des plus hautes régions de la
société d'alors, un principe de force et d'initiative ne cessait pas d'être inhérent à la
noblesse. Les la Hire, les Xantrailles, les
Montluc, et tant d'autres rudes gentilshommes, pouvaient n'être pas des hommes
très-vertueux, mais ils étaient, à coup sûr,
des hommes de sens assuré et de pratique
énergie, ces deux conditions de toute action, de toute puissance humaine.

Qu'était la société en 1848 ? La noblesse,
où la retrouvait-on ? était-ce dans les salons
de la capitale, seul terrain où jetassent encore quelque éclat les grands noms de notre
magnifique histoire nationale ? Était-ce dans
la gentilhommerie de province, où, à d'ho-
norables et rudes ancêtres, avait succédé
toute une petite race de jeunes prétentieux

nouveaux venus dans la capitale, où ils n'avaient appris que les faiblesses et les vices du temps, vrais types de présomption et d'ignorance ?

Et les classes moyennes, qu'étaient-elles devenues depuis qu'elles s'étaient emparées de la direction suprême du pays ? En haut, elles présentaient le spectacle bizarre de l'assemblage incohérent des plus singulières prétentions aristocratiques, unies à la susceptibilité la plus jalouse. Hommes de doctrines nouvelles, représentants du siècle d'une révolution bourgeoise, à entendre ceux qui se disaient être la personnification la plus complète de la bourgeoisie, on s'étonnait de voir éclore, à tout propos, des illustrations aussi soudaines qu'inconnues. Le camp des anciens gentilshommes était au pillage, et les vainqueurs y trouvaient des quartiers de noblesse tout prêts. Devises, blasons, noms seigneuriaux, passaient à des maîtres nouveaux, aussi ridicules dans leur nouvel accoutrement qu'était grand leur désir de faire prendre leur costume au sérieux. Le carnaval ne saurait durer toujours, et c'est la gloire et l'éternelle puissance du principe de véritable noblesse, qu'il ne peut s'acquérir à aussi bon marché, et que nul ne saurait s'y faire admettre à prix d'argent.

Cette bourgeoisie, qui annonçait à la fin du siècle dernier, et pendant la première moitié du siècle actuel, l'apparition d'un monde nouveau, enfant de ses œuvres, l'héritier nécessaire de tous les établissements du passé et devant les surpasser de toute la supériorité de l'esprit moderne, que faisait-elle? qu'inventait-elle? Une fois maîtresse absolue de la société, dont elle aimait à se proclamer la partie la plus éclairée et la plus essentielle, elle ne trouvait rien de mieux, pour couronner son œuvre, que de se revêtir des dépouilles du maître qu'elle avait attaqué et abattu par la parole de ses écrivains et le ridicule jeté avec adresse par ses philosophes courtisans.

Or, quelle était, je le demande, la dignité d'une société qui se jouait ainsi des principes et semblait avoir perdu jusqu'au sentiment du convenable? Il lui fallait au moins une leçon : on devait s'attendre qu'elle l'aurait.

Ailleurs, plus bas, que se passait-il dans les derniers rangs de la classe bourgeoise? La tradition s'y était-elle conservée plus intacte? Le mal dominant, pour être opposé, n'y était pas moins grand. La liberté de la presse, l'esprit de discussion et d'opposition poussé à ses dernières limites, avaient fait de cette partie de la classe dominante un

formidable auxiliaire de l'anarchie. Les derniers rangs de la bourgeoisie, en contact
continuel et en communauté d'intérêt avec
le peuple, s'étaient faits, dans les dernières
années qui précédèrent 1848, les mission-
naires du peuple, les professeurs de révolte,
les colporteurs de toutes les plus mauvaises
doctrines. Là régnaient en maîtres l'inconséquence et la contradiction, l'ignorance
unie à la prétention de tout régenter. Cette
classe était la plus dangereuse de toutes ; là
devaient se trouver les chefs futurs de l'é-
meute. Elle défaisait avec énergie l'œuvre que
la haute bourgeoisie s'efforçait de consolider;
mais celle-là travaillait avec trop d'inconséquence pour ne pas se laisser gagner de vi-
tesse par celle-ci.

Quand on est envié à cause de sa richesse, de la haute position qu'on occupe,
il faut au moins être capable de défendre

l'un et l'autre, être fort, en un mot, comme
l'étaient nos pères ; quand on ne l'est pas,
il faut alors mériter, par sa valeur propre et
ses services, l'estime et la reconnaissance
de tous.

Les hautes et moyennes classes en France
n'étaient, avant Février, ni dans l'une ni
dans l'autre de ces conditions. L'équilibre
social était donc détruit, il fallait une chute
pour que des situations plus naturelles fus-
sent rétablies. Le monde moral est comme
le monde physique : il a ses lois nécessaires
auxquelles il ne se soustrait pas.

Les châteaux d'autrefois, sombres et tris-
tes, ne frappaient pas par leur richesse et
le bonheur supposé de ceux qui y vivaient ;
ils étaient donc moins enviés, et, s'ils l'eus-
sent été, leurs épaisses murailles et la supériorité morale et militaire de leurs défen-
seurs les auraient préservés de la destruc-

tion. La position de la caste qui les habitait était donc doublement forte.

De notre temps, on voyait précisément tout le contraire, les châteaux et les habitations les plus bourgeoises, désormais sans aucune défense, se transformaient tous les jours davantage en lieux de délices qu'un luxe généralisé et facile mettait à la portée des fortunes moyennes.

Cependant, l'homme exclu de tous ces plaisirs qu'on exposait si imprudemment à ses regards, et qui étaient si peu défendus, eut bientôt le cœur rempli de haine et de convoitise. Comment cela eût-il été autrement?

L'esprit révolutionnaire s'empara de ces passions toujours plus âpres, les dirigea, en forma une doctrine nouvelle, et la haine de toute richesse, de toute supériorité, passa de la ville à la campagne, de l'atelier à la charrue.

Tout y concourait. La perfection du système de communication rurale, les chemins de fer et toutes les améliorations commerciales qu'on multipliait dans l'intérieur du pays, au nom du bien-être du peuple, en augmentant le prix de toutes les valeurs, en enrichissant tout homme produisant plus qu'il ne consommait et donnant une valeur échangeable aux plus minces produits, autrefois abandonnés en nature au travailleur agricole, creusaient chaque jour l'espace qui sépare la richesse de la gêne. L'aisance devenait plus enviable, la misère plus cruelle.

Le mal devenait donc extrême.

Tel était l'état anarchique de la société au moment de la Révolution de février : pas un homme qui pût se vanter de pouvoir mettre en rang une partie de ses forces éparses, pas un principe qui ralliât véritablement ou la bourgeoisie ou la noblesse ; et cela seul explique la réussite de ce singulier et inattendu coup de main. La panique fut générale, et tout le monde, hors l'armée, resta aussi divisé et aussi inconséquent après cette grande défaite sociale que pendant le calme trompeur qui avait précédé la tempête.

V

La valeur intrinsèque des classes élevées
baisse donc invariablement, et, en apparence, irrésistiblement, depuis plus de
soixante ans ; c'est un fait évident ; c'est,
suivant moi, la grande cause, le vrai principe de tous les désordres sociaux.

L'aristocratie, prise dans son sens le plus
large, est l'élément le plus indispensable à
toute société. On ne se figure pas que, dans
une réunion d'hommes quelconque, le plus

intelligent, le plus brave, le plus honnête, le plus intéressé au bien-aller de l'association, n'ait pas une part beaucoup plus grande qu'un autre à la direction des affaires communes, et que le sot, le paresseux, le lâche, celui qui n'offre aucune garantie, jouisse d'une égale considération, et ait une part du gouvernement égale à celle du premier. Plus celui-ci appartiendra exclusivement aux hommes véritablement d'élite, mieux le vaisseau national sera gouverné, plus le bonheur et l'aisance de chacun seront grands. Si le contraire a lieu, il se dégradera progressivement et sombrera tôt ou tard.

Il n'y a pas de loi naturelle plus générale que celle-là ; on la retrouve dans la famille, entre frères égaux, chez les hordes les plus sauvages et au sein de la civilisation la plus raffinée.

S'en éloigner, c'est mourir.

A côté, et à défaut de cette branche culminante de l'arbre, de cette tige mère qui se desséchait graduellement, que ne voyait-on quelque nouveau bourgeon grandir et remplacer la tige desséchée? était-ce donc que l'arbre entier, ou, pour parler sans détour, la race française avait perdu de sa vigueur et se mourait elle-même? Tout ce que nous voyons autour de nous, tous ces hommes distingués qui brillent çà et là, à tous les degrés de l'échelle sociale et s'élancent au-dessus du niveau général, protesteraient contre une condamnation aussi absolue. Mais les mêmes causes qui ont abaissé et divisé l'ancienne noblesse, puis les classes moyennes, justement pendant et après la période de leur complète émancipation, agissent de la même façon sur tous ceux qui sortent, par leur mérite personnel, du sein des masses, et, si l'homme se conserve, rarement son fils a quelque valeur ; c'est que l'esprit révolutionnaire agit sur les nouveaux venus comme sur leurs devanciers. L'atmosphère est pestilentielle et rien ne peut se constituer dans les hautes et moyennes régions de la société : toute tentative avorte !

La nation française tend donc de plus en plus à se trouver sans aucune espèce de classe dirigeante, d'aristocratie, dans le sens le plus étendu du mot.

C'est un fait nouveau, sans antécédent. Et comme, d'après tout ce qui vient d'être dit, suivant le témoignage de l'histoire de toutes les nations et en interrogeant toute intelligence réellement pensante, un peuple sans aristocratie doit périr, on peut et on doit en conclure que l'état où est la société en France est un état faux, mortel, en se prolongeant au delà des forces de la vitalité de la nation, et que le seul moyen d'en sortir est de créer une aristocratie nouvelle avec tous les éléments et sur toutes les bases à la portée du législateur.

Cette situation si triste est celle d'aujourd'hui comme celle d'hier ; les dernières et si salutaires crises politiques ne l'ont pas essentiellement changée. Le souffle mortel des idées les plus fausses, des tendances les plus pitoyables, existe toujours, frappe et détruit incessamment tout ce qui tente de s'élever, un tant soit peu, au-dessus de la médiocrité générale.

Il nous faut, pour ne pas périr, un changement absolu dans la direction de la société, une force nouvelle, étrangère à nos mœurs comme à nos faiblesses, qui fasse dévier, en le purifiant, le torrent social détourné de ses anciennes voies.

L'histoire nous apprend que rarement, ou peut-être jamais, une nation ayant le sentiment de son abaissement ou de ses vices se soit concertée d'elle-même pour y mettre fin et se relever à la hauteur qui convient à son génie, à ses antécédents. Si quelques demi-mesures sont appliquées, le courant général les emporte bientôt, et le mal suit son cours. Il faut des mesures radicales, et, *seul, un législateur unique et tout-puissant peut les appliquer.* Ce sera Romulus ou César, saint Louis, Pierre le Grand ou Washington. Les hommes seront souvent bien différents, leurs moyens de réussite toujours les mêmes : l'intelligence qui trouve le remède, la puissance qui l'applique, la confiance générale qui facilite ou rend possible la réédification d'un ordre de chose durable.

Ce législateur souverain, cet homme

puissant par sa raison et le prestige de son nom, quand la Providence daignera-t-elle l'envoyer à l'antique peuple de France? car il nous le faut, ou nous périssons. Nous avons franchi tous les degrés, nous sommes à la dernière étape, après laquelle on n'espère plus rien : on se guérit promptement ou on meurt.

Les immenses bienfaits de dix mois de toute-puissance peuvent-ils faire espérer et croire à de nouveaux progrès dans le bien?

Avant le 2 décembre, pendant trente-six années de gouvernements si différents, rien de sérieux n'a su être tenté. Beaucoup de choses excellentes ont été dites, écrites, ont eu leur succès, leur vogue; mais, en fait, quand il fallait agir et imposer même vigoureusement et sans autre préoccupation que celle du salut du pays, on n'a su qu'essayer des demi-mesures et donner chaque jour, précisément en voulant faire le bien avec tant de ménagement et de craintes si diverses, des preuves nouvelles de son incurable faiblesse.

Il n'y a que quelques mois que le mal révolutionnaire est enfin sérieusement attaqué, combattu, que cette marée montante d'erreurs et de crimes, au moment de tout renverser, est enfin arrêtée, repoussée à son tour par une puissance supérieure, inattendue, ignorée des sages et des prophètes politiques. Mais le mal continuera-t-il à décroître? en un mot, la révolution est-elle finie? Le législateur dont je cherche à démontrer la nécessité pressante, absolue, l'aurons-nous? je n'interrogerai pas l'avenir. Des temps prochains, inévitables, nous le diront assez clairement; aujourd'hui, pour l'honneur et le salut de mon pays, je ne puis que l'espérer et le désirer ardemment.

Jusqu'à des temps auxquels nous touchons encore, le tapage que faisaient les plus fausses idées, les plus mesquins intérêts, le plus souvent circonscrits à l'enceinte même d'une seule ville, avaient été pris pour une force réelle, et l'on avait toujours traité avec des fantômes de puissance à puissance.

Les hommes sages de toutes les classes, ceux surtout de l'ancien parti royaliste, ce conservateur *quand même* et désintéressé de toute tradition nationale, avaient beau signaler les plaies les plus béantes : les habiles se moquaient d'eux, et, sans indiquer de spécifique aux maux qu'ils avouaient, ils ne voulaient point entendre parler de remède.

Ces princes de la parole et de la pensée,

comme ils se laissaient modestement appeler dans leurs journaux, comment eussent-
ils consenti à briser eux-mêmes le piédestal
de leur grandeur factice ! L'intrigue de
quelques-uns et les préjugés révolutionnaires des autres empêchaient qu'aucune
lumière ne se fît. La discussion, inventée
pour la produire, l'étouffait.

Tout cet échafaudage de carton est tombé,
quelques jours ou plutôt quelques heures en
ont fait justice. Cette puissance, ces nécessités du siècle, mises à l'épreuve, ont été
trouvées très-faibles ; un souvenir populaire
a suffi pour les renverser. La France est
aujourd'hui dans le vrai, car son gouvernement demande sa force et sa durée aux
principes éprouvés de gouvernement connus
depuis des siècles. Tout n'est pas fait, il s'en
faut ; mais le milieu dans lequel nous vivons
est radicalement changé ; c'est immense.

Après cette verte et bonne leçon du 2 décembre, qui ne se sentit renaître à l'espérance, à la lecture quotidienne de ces vigoureux décrets, qui, à quelques heures de distance, venaient rasseoir la société sur ses bases, abattaient un sophisme, relevaient un bon sentiment ou faisaient une justice éclatante, comme cela semblait bon, après les phrases pédantesques, après ces temps où il fallait quelques mois pour qu'une bonne loi fût préparée, passât par le gâchis d'une discussion contradictoire de cent journaux ignorants, pour arriver à l'existence si émondée, si amendée, qu'il était difficile d'y reconnaître le premier projet, et qu'elle pût atteindre le but proposé !

A mesure que l'échafaudage du libéralisme bourgeois tombait, noyé dans le mépris et l'indifférence de la vraie, de la forte France, la poitrine se dilatait, on sentait que le vaisseau national était remis à flot.

Les moins enthousiastes disaient au moins : Voilà ce qu'on aurait dû faire ; voilà ce que nous conseillions, en vain, depuis plus de trente ans : c'est le seul moyen de sauver le pays.

Après un début aussi brillant, après avoir véritablement sauvé la société et fait plus pour elle qu'il n'avait été tenté depuis bien longtemps, ayant l'insigne et si rare bonheur d'avoir l'amour des masses et l'approbation des gens de bien, n'est-il pas permis à chaque ami du pays d'espérer encore beaucoup d'un gouvernement qui a déjà beaucoup fait ? C'est ce que l'auteur pense ; c'est aussi pour cette raison qu'encouragé par un passé qu'il peut, au point de vue national, louer sans réserve, il demande encore plus pour l'avenir, qui va bientôt décider du salut commun ; c'est encore pour cela qu'il croit que c'est un peu le devoir de chacun d'y contribuer dans la limite de ses forces et de ses moyens, et c'est pour cela qu'il n'a pas craint d'exposer toute sa pensée.

Or, à son avis, la révolution n'ayant été possible et ne s'étant maintenue, pendant soixante ans, toujours à l'état de puissance active et destructive, que par le vide affreux que laissa la chute ou la dégradation des hautes et moyennes classes composant l'aristocratie française dans sa généralité : c'est ce vide qu'il faut maintenant absolument combler, en reformant une nouvelle tête au corps social décapité.

J'ai la ferme conviction que cette œuvre difficile et laborieuse n'est point au-dessus des forces d'un gouvernement édifié sur des bases solides, réellement et fortement constitué. La clef de voûte, alors, aura été retrouvée ; la durée et la stabilité d'un établissement nouveau sera assurée, et le vieux sol de France reverra de longs jours de prospérité et de gloire.

VI

Après avoir décrit ou plutôt répété, avec
et après tant d'autres, l'état déplorable où
était tombée la société française, état d'autant plus maladif que l'on envisage les
classes plus élevées de notre société, je vais
m'arrêter un instant sur un fait unique,
nouveau, aussi étonnant qu'inattendu : je
veux parler des journées d'élection des 10
et 21 décembre.

Peut-être que tout n'a pas encore été dit

sur la nature, l'origine intime du choix lui-même, solennel et irrésistible. Aucun des événements de notre histoire n'était assurément plus nécessaire et n'a été couronné d'un plus éclatant succès ; on croirait donc qu'il a été accompli par l'élite du pays, cela paraîtra raisonnable et nécessaire. Hélas ! l'élite du pays, il faut bien le dire, ne l'était plus guère.

Les lâches idées matérielles et égoïstes de la révolution avaient gangrené le haut de la société, et les capables et les illustrations du jour, à force d'orgueil et de fièvre d'indépendance de pensée, avaient mis, depuis longtemps, le faux à la place du vrai. Le sens commun n'était pas à la mode, et la mode était souveraine dans ce petit monde parisien : il avait dû se réfugier ailleurs.

Éducation morale, éducation physique, instruction publique, littérature, musique,

peinture, mœurs, politique, religion : tout,
à force de soi-disant progrès, avait été si
bien retourné, frelaté, défiguré, que c'était
à ne plus s'y reconnaître. Pas un écrit, pas
un journal ne protestait, véritablement et
complétement, contre cet état de choses
avant 1848. *La révolution de Février devait, sans s'en douter, être une réaction.*
Quelquefois la Providence applique le remède à temps; quant à nous, Français,
nous pouvions compter les années qui nous
restaient, nous savions quel jour devait être
close cette noble histoire de France qui s'é-
crit depuis quatorze siècles.

En ces temps de fractionnement de partis, de diminution de l'autorité des chefs
sur des hommes sans conviction, indisci-
plinés au sein de cette anarchie universelle,
jamais la société n'avait eu plus de besoin
d'un chef, d'un législateur inespéré, d'un

maître, en ces temps de révolte et d'é-
goïsme. On répétait bêtement quelque pro-
verbe de salon : « Les hommes ne font jamais défaut aux situations, » comme si
c'était les situations qui font les hommes et
non les hommes qui créent les situations et
leur siècle.

C'était la vérité de l'histoire retournée
comme le reste. Cependant le sauveur n'ar-
rivait pas ; on s'en étonnait : il est vrai que
personne ne voulait l'être. On était trop
habile pour risquer une tentative. L'enfan-
tement n'aboutissait jamais. Le besoin d'u-
nion avait beau se faire sentir tous les
jours davantage, on s'éloignait les uns des
autres.

Si le bon sens avait pu se faire entendre,
on aurait compris qu'il fallait un chef, et
que le besoin en était trop pressant pour
qu'il fût possible d'hésiter plus longtemps et

ne pas se décider à des sacrifices nécessaires.

Quelques hommes généreux et plus sensés avaient beau crier : Union, ralliement, au nom du pays, au nom de l'intérêt commun ! les partis n'y répondaient pas et attendaient, dans l'inaction, le grand cataclysme sur lequel ils comptaient un peu, et le redoutaient encore plus.

Cependant l'idée de salut était en germe, non point dans les clubs des grandes villes, ni dans les réunions politiques, pas même dans les assemblées légiférantes, mais dans la tête et le cœur de ceux que leur pauvreté et leur éloignement de la capitale avaient mis plus à l'abri de la dévastation d'en haut. Là seulement s'était réfugié ce vieux bon sens français qui réunit l'esprit et la raison et constitue le meilleur et le plus accentué des traits de notre antique caractère national.

Le choix n'était pas difficile après nos trois révolutions successives. Il fallait un nom populaire, plein de prestige et de poésie, offrant d'incontestables garanties ; un nom qui parlât à l'esprit et au cœur d'hommes naïfs et croyants, qui rappelât quelque chose de net et de concis et non d'ambigu et d'étrange comme la fiction constitutionnelle du gouvernement anglais. Les chefs des partis parlementaires, les habiles, avouaient leur impuissance, qu'ils coloraient du nom de respect de la légalité, respect ridicule en de pareilles circonstances. Il fallait donc bien que le peuple se tirât d'affaire tout seul, à sa façon, comme il l'entendait ; il devenait inévitablement le premier législateur ; et ne fallait-il pas que la France fût sauvée, comme tant de fois, par des moyens prodigieux ?

Le nom de l'élu du 10 décembre se pré-

senta tout d'abord ; les aventures que les
sages du siècle lui reprochaient avec tant
de dédain, étaient une raison puissante de
succès. Les hommes simples ont le tort d'ai-
mer les aventures et de s'attacher à ceux
que la fortune a le plus maltraités : Richard
Cœur-de-lion, Charles XII, et tant d'autres
nobles imprudents, en sont l'irrécusable
preuve ; le cœur de l'homme est ainsi fait,
et il restera tel tant qu'on n'en aura pas
fait un barême ou le fétiche du bien-être.

Ce nom fut bientôt dans toutes les chau-
mières, où de vieux soldats en avaient, pendant de longues années, sans espérance et
sans but pratique d'ailleurs, entretenu le
souvenir et même le culte.

Comme autrefois, dans l'ancienne Gaule,
les nouvelles des principaux événements de
la grande lutte de la bravoure celtique
contre l'habileté romaine se transmettaient

avec une rapidité qui surprenait les conqué-
rants : de même, de notre temps, l'idée
de salut, l'idée monarchique se répandait
avec une inexplicable promptitude. D'un
bout de la France à l'autre, l'étincelle élec-
trique se communiquait ; les climats, les
montagnes, les différences d'opinion et d'at-
tachement lui étaient inconnus ; la Bretagne
et la Bourgogne, l'Alsace et la Provence, si
étrangères l'une à l'autre, se rencontraient
sur un même terrain, un même désir, une
même espérance. A tout prix, il fallait un
chef véritable, et les circonstances étaient
telles, que ce chef pouvait et devait être un
sauveur.

Les amis du pays se rendaient à l'évidence, et si cette idée leur était étrangère,
ils l'acceptaient franchement ; c'était enfin
une solution, non pas à la manière des fai-
seurs du journalisme parisien, mais de la

bonne et vieille façon, comme cela se comprend et s'est fait en tout temps et en tout pays.

Le rude agriculteur surtout, le paysan naïf et laborieux du vieux sol de France, se distinguait par l'énergie et l'ensemble de ses vœux, qui allaient bientôt donner au monde l'étonnant spectacle d'une acclamation presque unanime dans un pays en apparence divisé et livré à un gouvernement à la fois corrupteur et intéressé, au plus haut degré, à tourner les votes à son profit. Mais il fallait que la France fût sauvée à son insu et presque malgré elle.

Et, il faut bien le dire et le répéter, c'est à la charrue, à la famille agricole que la société doit la paix et la sécurité dont elle jouit : *Deus nobis hæc otia fecit*, et nulle classe n'a plus de droit à la reconnaissance de tous et à l'estime du chef actuel de la nation que cette utile et solide partie d'elle-même, qui la nourrit et quelquefois la sauve et la régénère.

C'est que le vrai peuple de France était encore, sans qu'on s'en doutât à Paris, le vieux peuple d'autrefois, simple, dévoué, courageux, plein d'un bon sens pratique qui n'exclut pas toujours la finesse. Lui seul, dans notre société malade, raisonnait encore simplement, sainement par consé-quent.

Il donnait raison une fois de plus à la sagesse antique : *Sic fortis Etruria crevit, si rerum facta est pulcherrima Roma.*

Le gouvernement actuel de France a été produit par les instincts d'autrefois; il est le fils du peuple monarchique, l'expression la plus nette des plus anciennes et des plus nationales traditions, qu'il résume et doit protéger et développer, s'il veut vivre.

Cette déduction d'origine, je le sais, ne sera peut-être pas du goût de tout le monde ; amis et ennemis pourront bien la traiter de paradoxale. J'en appelle à la critique elle-même, à l'examen du fait dont j'ai essayé d'esquisser la subite apparition.

Cette élévation donne encore un éclatant démenti à cette accusation trop répandue de frivolité honteuse, d'inconstance proverbiale, dont on accuse, à mon gré, injustement le peuple français en Europe. Ce reproche est bon pour les gamins du libéralisme ou les ennuyés des boulevards, qu'on a jusqu'ici beaucoup trop pris pour la France : il ne saurait atteindre ceux qui, pendant soixante années de corruption croissante, ont su conserver leur foi, leurs affections, leur indépendance religieuse ; ni le peuple qui s'est souvenu, après trente-cinq ans, d'un nom utilement et glorieusement porté, et a été assez sage pour confier au principe de monarchie et d'autorité un mandat suprême, dont, depuis qu'il est libre de ses entraves, il a déjà fait un brillant usage.

Cette courte analyse de l'élection des 10 et 21 décembre constitue un fait immense, éclatant, désespérant pour les fauteurs de révolutions, précieux et favorable à tous ceux qui, sous les diverses bannières qui divisent encore notre pays, ont conservé l'espérance et la foi monarchiques.

Tel est le point de départ du nouvel ordre de choses, dont l'homme initiateur qui est à la tête de la nation française peut faire ou un simple événement sans avenir, ou le commencement d'une ère historique; car en ce moment, et c'est un fait qu'on constate et qu'on ne discute pas, tout est entre ses mains. L'orgueil révolutionnaire peut en être humilié, on pourrait lui répondre que jamais rien de grand dans l'histoire ne se fit autrement : monarchie ou république, démocratie ou aristocratie, législation ou conquête, jamais on ne vit une nation se recueillir directement ou par l'entremise de ses délégués et se donner efficacement et pour longtemps aucune de ces choses ; toujours, au contraire, on vit, dans des moments décisifs, ou seulement critiques, la confiance générale, à tort ou à raison, se porter vers un seul homme, et, résumant sa force et son pouvoir en lui, le pays se laisser guider dans une voie nouvelle pour atteindre un but désiré ou nécessaire.

L'antiquité avait compris cette vérité instinctive, aussi elle soumettait tout un peuple à un dictateur, et elle nous a transmis les noms symboliques de Lycurgue, de Romulus et de tant d'autres fondateurs.

Les temps plus modernes n'ont pas con-
tredit le passé : l'Angleterre et l'Amérique se
résument en entier dans les noms de Guillaume le Conquérant et de Washington.
Qu'on supprime ces deux hommes, c'est
effacer l'histoire de tout un peuple.

L'union générale de toutes les tendances,
de toutes les opinions, dans un seul vote,
est, à mon avis, quand on peut s'élever à
un point de vue assez élevé pour échapper à
toutes les hallucinations de l'esprit de parti,
au point de vue exclusif de la grandeur et
de la puissance nationales, le principal signe
de vitalité, le plus grand gage de force à
venir qu'ait donné la nation française depuis bien longtemps ; c'est, à la fois, la ré-
vélation et la preuve d'une grande union,
d'une grande puissance, avec laquelle n'importe quel gouvernement à venir pourra et
devra compter, pour en faire la base prin-

cipale de sa politique et de son mode d'existence.

C'est dans ces conditions nouvelles, dans ce désir d'union, indispensable à tous, que doit se développer la grande œuvre de restauration, ou, pour mieux dire, de rénovation sociale, sans laquelle il ne peut y avoir de véritable salut, ni pour le pays, ni pour n'importe quelle fraction du pays.

L'erreur a trop gagné de terrain depuis soixante ans, les classes dirigeantes sont trop faibles, trop désunies, trop ignorantes des vérités gouvernementales et sociales pour qu'on puisse raisonnablement attendre d'elles aucune impulsion ; elles auraient pu la donner, il faudra qu'elles la subissent.

Ceci n'est ni injuste, ni paradoxal : elles ont donné la mesure de leur talent et de leur impuissance de 1848 à 1851. C'est au législateur lui-même, et à lui seul, au commencement, à mettre la main à l'œuvre ; plus il avancera son ouvrage, plus il trouvera autour de lui d'habiles ouvriers.

Mais je cherche à établir et à démontrer que le but vers lequel il doit tendre par-dessus tout est la création, la rénovation d'une classe dirigeante au sommet de la société : ce sera à la fois son but final et son moyen d'action ; rien de grand, rien de durable ne pourra être fondé sans cette condition essentielle, dont l'importance souveraine, sans cesse présente à ma pensée, me conduit malgré moi à y revenir continuellement et à me répéter dans les termes et dans l'idée principale.

Il faudra qu'il sache garantir son œuvre de ce souffle destructeur qui, depuis soixante années, abaisse incessamment

tout ce que les événements font surgir, du
sein des masses confuses, d'hommes supé-
rieurs et précieux.

VII

Je ne sais s'il n'est pas au-dessus de mes forces de chercher à en esquisser les moyens et les conditions ; car il est toujours bien plus difficile d'exprimer une idée pratique, trouver le remède d'un mal, que de signaler un abus.

Les démolitions les plus inopportunes sont œuvre aisée comparées à celle des constructions les plus ordinaires.

Avant de façonner les éléments qui doivent former l'édifice, il faut avant tout savoir les reconnaître, les choisir. Cette tâche est la moindre en notre fécond pays.

De tous côtés, au sein des masses, derrière la charrue, dans les rangs les plus élevés de la société, on trouve encore des hommes de bonne volonté prêts à se dévouer pour leur pays, à donner le bon exemple, à imprimer partout une direction énergique et salutaire.

Ce sont ces hommes-là qui doivent être tirés de leur inutilité, proposés pour chefs et pour modèles à notre société incertaine.

Au commencement d'une aristocratie, le mérite et le talent sont les meilleures cartes d'entrée ; et, sans faire exclusion des titres acquis et plus anciens, il est bon, dans une œuvre aussi laborieuse, pour tous ceux qui y prennent part, de distinguer les qualités personnelles, afin de répartir équitablement les charges et la responsabilité de chacun.

Dans la première et moyenne période de la vie des nations européennes, dans ces temps de demi-civilisation, l'éducation des jeunes générations n'a jamais été complétement mauvaise ; et, quelque peu de soin qu'on en prît, elle restait plus ou moins confiée à la famille, que la Providence a établie de façon à ce qu'elle fût, en définitive, sous certains rapports essentiels, la meilleure de toutes les écoles.

D'ailleurs, d'antiques traditions, fruit d'une longue expérience ou de nécessités pratiques, pénétraient les sociétés de ces époques et façonnaient les caractères. Dans le temps actuel, des nécessités nouvelles enlèvent, le plus souvent, la jeunesse à la famille ; les traditions se taisent au milieu de la paix et de la sécurité universelle.

L'éducation est désormais ce qu'on veut

la faire, livrée entièrement à l'appréciation individuelle, à la mode, à toutes les théories, mais aussi, par une compensation nécessaire, à la sagesse du législateur. C'est de ce dernier côté seulement qu'on peut attendre quelque unité d'action, quelque initiative, et, par conséquent, qu'on doit tourner ses espérances.

L'éducation se compose de deux parties distinctes : celle donnée non par des maîtres, mais par tous ceux qui nous entourent, par le milieu dans lequel on vit, par la famille d'abord, par le monde ensuite ; et celle qui embrasse le temps des études, le règne de l'école : c'est la pédagogie.

La première prend l'homme au berceau, et le conduit jusqu'à l'époque indéterminée et variable où l'extérieur cesse de pouvoir autant modifier son esprit et son corps. La seconde, comme intercalée dans la première, s'empare de lui vers l'âge de raison et ne l'abandonne qu'au seuil de la jeunesse proprement dite.

C'est, dit-on, l'éducation qui fait les hommes. Rien de plus vrai ; mais il est tout aussi vrai que ce sont aussi les sociétés qui déterminent le genre d'éducation à donner aux générations. Dans une société sage, vous ne trouverez jamais une éducation déraisonnable ; mais quand les nations sont devenues folles, l'éducation l'est aussi, et cependant c'est encore par elle et seulement par elle qu'il faut tâcher de réformer l'une et l'autre. Nul moyen ne saurait être trouvé ailleurs.

Or, la première éducation qui se fait en général en famille est devenue mauvaise, parce que la famille elle-même n'est plus ce qu'elle était autrefois. C'est pitié de voir tous ces enfants caparaçonnés, travestis dès leurs premières années, livrés en quelque sorte, avant l'âge de discernement, à toutes les futilités, à la coquetterie, initiés à des passions qu'ils ne comprendront que plus tard.

De bonne heure, l'éducation scolaire s'empare de l'enfant, et l'enlève à la famille : c'est là l'éducation proprement dite, la période pendant laquelle il est frappé à l'empreinte de son siècle et des institutions de son pays.

Je ne m'appesantirai pas sur le nombre de connaissances inutiles dont on abasourdit les malheureux écoliers, surtout dans les écoles plus ou moins spéciales, le tout pour respecter les susceptibilités égalitaires des parents, au désavantage des enfants, qui, pour la plupart, n'atteignent pas le but proposé et perdent des années et des peines infinies sans aucun profit, puisqu'il faut, au dernier moment, après avoir passé un examen malheureux, changer ses projets et sa carrière. Mais je ferai surtout remarquer que toute éducation doit être sérieuse, austère même, et qu'au lieu de s'attacher à exciter la vanité des jeunes écoliers, par un costume et des allures qui rappellent beaucoup plus l'homme fait et l'officier que le disciple soumis, dont la carrière est toujours parfaitement incertaine, on devrait inspirer à l'enfant des sentiments plus humbles, plus conformes à son âge, à la situation du plus grand nombre, et plus propres à en faire un travailleur sérieux et non un charlatan précoce.

Sans ces réformes primordiales indispensables à tout système d'enseignement raisonnable, il n'y a point de réforme possible dans l'éducation de la jeunesse et, partant, dans l'avenir et l'esprit des générations que nous avons mission d'élever.

Enfin, une des causes, à mon gré, les plus considérables, des vices de l'éducation publique, c'est que tous les établissements destinés à l'éducation sont dans les grandes villes, où, d'une part, il est plus que difficile de donner de l'air et un exercice convenable aux malheureux collégiens, où les moindres sorties, les plus nécessaires, deviennent souvent des occasions de débauche et d'initiation précoce à tous les vices, et où enfin, il est, à mon avis, presque impossible d'avoir des maîtres dignes de la mission qu'ils sont appelés à remplir ; car il ne faut pas oublier que l'intervention personnelle est toute-puissante en fait d'éducation : autant et plus que la doctrine, c'est le maître qui la développe et l'applique, qui forme et fait l'homme, le disciple qu'il enseigne.

C'est une respectable mais bien dure profession que celle de l'enseignement ; il faut en quelque sorte bien des vertus pour en être vraiment digne. Or, pour que la vertu, cette indispensable compagne du dévouement, soit probable, il faut la rendre facile.

Dans une grande ville, le maître, placé nécessairement dans une situation au moins médiocre, environné de plaisirs et de jouissances qui lui sont de toute façon interdites, devient facilement misanthrope à l'endroit des heureux qui l'environnent. S'il succombe à tant de tentations, il ne sera jamais qu'un médiocre professeur, sans intérêt et sans goût pour son genre de vie : le matin, stoïcien au besoin; libertin de bas étage, le soir.

S'il se refuse des dépenses ruineuses, un genre de vie incompatible avec son caractère, ce sera pour ouvrir son cœur à l'envie, qui débordera nécessairement dans ses discours, dans ses tendances, et se communiquera aux jeunes intelligences, qu'il empoisonnera au lieu de les éclairer et de les ennoblir.

On n'aura de professeurs consciencieux et dignes qu'en les éloignant de toutes les grandes villes : car, avant de songer à l'éducation de la jeunesse, il faut faire celle de ceux qui la donnent; et je crois que la mesure proposée est la plus efficace et la plus radicale.

Quant à l'éducation physique, au développement des facultés corporelles, il est trop évident que des établissements situés à la campagne auraient tous les avantages possibles sur ceux situés dans les villes, pour qu'il soit nécessaire d'insister ; et cependant l'antiquité, qui eut des professeurs et des philosophes qui valaient les nôtres, disait : *Sana mens, in corpore sano.* Il n'y a rien de plus vrai au monde.

Or, c'est surtout vers cette partie de l'éducation que le législateur doit diriger son attention, ses soins ; la première appartient davantage à la société, il ne peut améliorer celle-ci qu'après et par celle-là. Il ne peut pas diriger celle de l'enfant qui est encore au milieu de sa famille ; il ne peut, non plus, toujours modifier celle que reçoit le jeune homme sorti de l'école et lancé dans le monde : c'est seulement après avoir agi sur le monde, sur le milieu social, par l'éducation scolaire, qu'il pourra continuer cette éducation proprement dite, jusqu'au sein des affaires et des relations mondaines. Cependant, il pourra agir d'une manière favorable, directement et promptement sur le monde, en imprimant une vigoureuse et heureuse direction à l'opinion publique, aux tendances générales de la société. Qui peut douter que le seul acte du 2 décembre n'ait singulièrement modifié les tendances sociales, l'opinion publique en général, et que le jeune homme entrant aujourd'hui dans la vie active n'y soit assailli d'un moins grand nombre d'idées fausses que quelques années plus tôt.

Ce sera au législateur à mettre en honneur, par tous les moyens dont il pourra disposer, les carrières utiles, la vie active, les services et les vertus, afin d'empêcher cette maladie des classes fortunées de notre temps, l'oisiveté, de continuer ses cruels ravages.

On sait tout ce que la vie oisive produit de conséquences fâcheuses à Paris ; combien de matériaux utilisables viennent s'y consumer sans profit pour personne et y discréditer aux yeux du peuple les classes qu'on lui désigne sous le nom de privilégiées !

Car nous sommes beaucoup plus malades de faiblesse que de vices, et c'est surtout en cela que nous différons de nos pères, nobles ou bourgeois; ils occupaient leur place de manière qu'on ne se passait point d'eux; nous ne l'occupons plus, et, si nous occupons une place, nous ne jouons pas un rôle; on pourrait se passer de nous. Voilà le mal pour nous et pour le pays.

Si nos pères ne valaient pas mieux que nous, ils étaient plus capables dans le bien comme dans le mal; nous ne leur ressemblons guère, et, si nous leur ressemblions, ce serait en blême, en effacé, comme une lithographie ressemble à un tableau à l'huile.

C'est l'activité, la force proprement dite sous toutes les formes et de toutes les façons, qu'il faut raviver, créer, pour l'opposer à la mollesse, à l'inutilité, qui est le caractère le plus saillant des temps actuels. Cette disposition universelle, c'est là cet air vicié qui affaiblit tout dans notre société maladive, et la livre sans défense à ses ennemis et à ses excès. Il est possible, je l'espère au moins, de changer d'aussi fatales tendances par l'éducation scolaire, toute entre les mains du législateur, par les modifications profondes qu'un gouvernement fort et habile peut faire subir tout d'abord à une société faible et incertaine, et qu'il peut poursuivre jusque dans les déviations de l'éducation de la famille.

Tout doit être mis en œuvre pour la réussite d'une œuvre aussi difficile, aussi sacrée; il s'agit tout simplement de la vie, de l'honneur du pays, on peut ajouter de l'humanité, car tous les peuples sont solidaires de notre temps.

L'histoire n'aura pas de place trop élevée pour le sauveur des sociétés modernes, le législateur suprême qui rendra la force et la vie au monde défaillant.

VIII

Il faut donc que celui-ci soit, à la fois,
créateur et conservateur, vigilant à décou-
vrir le talent et la probité partout où il
croira les rencontrer, enclin à prêter appui
aux illustrations acquises fondues dans notre
vieille et glorieuse histoire, constamment
occupé de la formation et des conditions
d'existence du nouveau corps choisi.

Il devra chercher à fondre et à unir ces
éléments plus hétérogènes en apparence

qu'en réalité, et surtout préserver les générations qui s'élèvent du souffle empoisonné
et corrosif qui abaisse et flétrit tout ce qui
est grand, depuis bientôt cent ans, en ce
pays.

Il exercera son action toute puissante sur
l'enfant par l'école qu'il assainira et enno-
blira en la rendant plus austère; sur le jeune
homme par les écoles spéciales; enfin, sur
l'homme à tous les âges de la vie, par la
direction générale qu'il imprimera au torrent social; il assainira l'air de ce siècle, et
les poitrines se dilatront, car il le fera généreux et vivifiant, de lourd et empoisonné
qu'il est aujourd'hui.

Toutes ces lâches doctrines de laisser-
aller, érigé en principe de conduite aussi
bien que de gouvernement, de confortable
à tout prix et de toutes les façons pour tous
les sexes, tous les âges, cette futilité de

goûts et de mœurs devenue presque universelle, devront être désignés à la honte et au
mépris de tous, et ceux qui les ont adop-
tées pour règle de conduite, devront être
écartés avec soin et éloignés des positions
qui tendraient à en faire les modèles in-
fluents de la jeunesse.

Il est grand temps de donner raison aux
vieilles règles des temps de force et de
création.

Les anciens faisaient cas de ceux qui s'é-
taient endurcis aux jeûnes et aux veilles,
aux marches forcées, aux exercices du
champ de Mars et de la guerre ; nos pères
ne comprenaient pas qu'un homme haut
placé ne fût pas supérieur en force et en
énergie à l'homme du peuple rompu aux
plus durs travaux. Aujourd'hui, tout homme
seulement aisé est, suivant sa santé et son
caractère, un sybarite ou un sardanapale,

par-dessus tout, incapable de se défendre lui-même.

Il est temps que cela finisse, et cela finira inévitablement bientôt par une réforme radicale et sérieuse, ou par la désorganisation complète et sans appel de notre société.

La civilisation moderne marchait droit vers un gouffre qu'elle ne savait point éviter; il lui faut une main puissante, un cœur de bronze, un législateur d'un autre siècle, étranger à elle et à sa faiblesse pour la sauver, en la transformant, des suites funestes de son propre faux développement.

Sylla ou Spartacus, qu'elle choisisse.

L'élite de la jeunesse française, choisie parmi les jeunes générations destinées à donner l'impulsion au corps social tout entier, sera préservée avec soin, par tous les moyens possibles, de ce dandinisme pari-

sien, singulière union de toutes les incapacités et de toutes les prétentions dédaigneu-
ses, qui, depuis longtemps, étouffe chaque
année ceux que leur fortune et leur position sociale lance dans la vie de Paris, at-
trayante mais pleine de dangers.

La sagesse du législateur saura, plus
tard, trouver des institutions qui assure-
ront la durée et la solidité de cette nouvelle
et si équitable aristocratie, et cherchera,
dans l'histoire et dans la raison, quelles
sont les conditions vitales de toute classe
dominante en dehors des capacités personnelles, qui sont le plus noble et le plus juste
point de départ, mais ne suffisent pas à la
durée d'une institution, qui, seule, peut
assurer au pays tout entier une direction
constante, éclairée, conséquente, et contribuer à la prospérité et au bonheur de
tous, plus qu'aucune des conditions dans

lesquelles on puisse placer une nation.

L'aristocratie est le pilote sur un navire, c'est l'étalon sur lequel on se mesure, et on prend modèle ; quand il se gâte ou se fausse, tout est livré au hasard, à l'intrigue, au bon plaisir du premier charlatan ; or, ce malheur, nous le connaissons par expérience chez nous ; le nautonier a failli à son devoir, il a oublié la science nautique ; au lieu de sauver l'équipage incertain sur la route qu'il devait suivre, il l'a assemblé et s'est soumis aux conseils et bientôt aux ordres des plus turbulents ; les passions de la multitude ou la hardiesse de quelques-uns ont pris la place de la science et de l'expérience qui étaient au timon, avant qu'il fût déserté par le bras qui le dirigeait autrefois. Le vaisseau a failli se perdre ; entouré de récifs, il allait à l'abîme, lorsqu'une main inconnue, inappréciée, s'est emparée du gouvernail, et, changeant la direction, guide heureusement le vaisseau entre les écueils, vers des eaux profondes et sûres ; mais le danger n'est pas loin, les écueils sont à distance et l'équipage, grisé par d'habiles embaucheurs, voudrait tenter de nouvelles aventures, qui, à coup sûr, seraient les dernières.

L'état révolutionnaire de notre société depuis soixante ou quatre-vingts ans est exactement semblable à celui de ce vaisseau; *il faut créer une nouvelle école de pilotes.*

La Révolution a eu pour cause une longue omission, bien plus qu'une action irrésistible ; c'est ce dont les écrivains révolutionnaires ne conviendront jamais, et, en cela, comme en toute chose, plus hardis et plus actifs que leurs adversaires, ils ont dénaturé les faits et les situations, à ce point, qu'il est difficile maintenant aux

esprits les plus laborieux et les plus altérés
de vérité, de connaître cette vérité sur les
faits et les situations de notre temps.

Toujours faiblesse dans la Révolution,
jamais force. Ce sont les Anglais victorieux
à Poitiers et à Crécy, non par leur vaillance,
mais par l'éblouissement de leurs adversaires. La première Révolution n'est qu'une
longue faiblesse, jamais une grande puissance ; la force reste latente dans la nation,
elle ne passe point à la Révolution.

Au 13 vendémiaire l'autorité donne signe
de vie, la Révolution s'efface pour disparaître au 18 brumaire sous les pas du futur
premier consul. Comme tous les fantômes
nocturnes, comme toutes les erreurs tom-
bent devant la vérité, la négation n'appa-
raît sous forme visible que quand l'affirmation laisse, par son absence, le vide se faire.

En 1850, faiblesse et omission, seules

causes de la prétendue force insurrectionnelle; en 1848, omission et faiblesse, suivie des mêmes résultats; aussi la fatuité
et l'emphase révolutionnaire s'extasiaient-
elles, dans leurs journaux et leur tribune,
sur l'irrésistibilité de la Révolution, sur
l'inutilité et le sacrilége de toute résistance
à ces invincibles élans.

Et ces stupides aphorismes se débitaient
partout et s'installaient dans tous les esprits
médiocres, comme vérité démontrée.

Le peuple révolutionnaire était sacré
comme la plus grande et la plus sainte
puissance; l'armée, les gens tranquilles et
honnêtes, étaient incapables de lui résister.
La raison avait beau protester, on vous ob-
jectait des faits patents, trop irrécusables,
et le mensonge restait en possession de l'o-
pinion publique.

Les jours de Décembre ont fait justice de

toutes ces faussetés comme de tant d'autres, la puissance insurrectionnelle et révolutionnaire a été éprouvée, pesée, et elle a été trouvée légère.

C'est que ce jour-là, pour la première fois, l'action a rencontré une autre action, une contre-action, si je puis m'exprimer ainsi. En face de l'audace de destruction offensante, s'est trouvée la fermeté et l'habilité d'une défense résolue, inébranlable. Jamais cependant la société n'avait été plus ébranlée, jamais l'armée du mal n'avait compté de plus nombreux soldats, n'avait eu plus d'espérance et plus de chance de succès, mais, cette fois, le gouvernement établi avait compris sa mission et ne faillissait pas au premier de tous ses devoirs.

Le prestige révolutionnaire est détruit; qui veut vaincre la révolution n'a qu'à la combattre, la victoire est sûre.

Mais on peut combattre un mal, une puissance redoutable, et la vaincre en un jour; quelquefois cela suffit, lorsque cette force ennemie est une puissance réelle, indépendante, mais une victoire n'est plus qu'un arrêt, un temps accordé à un travail nécessaire plus sérieux et plus difficile, lorsque l'on a affaire à quelque chose de négatif et qui a été produit par un vide, une absence de contre-poids. Or, c'est précisément là l'origine vraie de la Révolution, c'est un manque de direction, une maladie survenue par évanouissement, disparition d'une partie essentielle, principale, du corps social. C'est cet organe qu'il faut raviver, ressusciter s'il le faut, en cas de mort complète; à cette condition seulement, la victoire sera durable, certaine, l'hydre véritablement mort.

Pour un moment, pour quelques années,

le génie d'un seul peut suppléer à tout, mais son action salutaire ne peut durer longtemps, il finirait par être comme étranger dans cette société, où personne n'aurait le cœur assez haut pour le comprendre. Pour qu'il puisse faire à ce pays tout le bien qu'il lui veut, il lui faut des milliers d'interprètes, des milliers de canaux par lesquels puissent couler les salutaires doctrines dont toute société a besoin pour vivre et prospérer.

Il lui faut donc refaire ce qui se détruit depuis cent ans : une aristocratie populaire, puissante par sa propre valeur, capable de se défendre seule, avec le talent et le mérite pour origine, de sages institutions pour sauvegarde.

Tel doit être, à mon avis, la pensée dominante du législateur, c'est dans ce sens qu'il doit travailler à la grande œuvre de rénovation sociale. Atteindre le but que j'indique, c'est clore l'ère révolutionnaire, en inaugurer une nouvelle, c'est rendre le peuple le plus glorieux de l'univers à lui-même, à son passé, à sa magnifique histoire, c'est le rendre aussi à la vie, à l'avenir qui allait être fermé à jamais pour lui.

Mais combien de choses nouvelles à faire, d'institutions à tirer du néant ou à restaurer, en les modifiant, suivant les besoins des temps! les situations sont nouvelles, sans précédents. Le législateur saura reconnaître leur nature vraie, et bâtir sur le plan général dont je ne fais qu'indiquer les proportions nouvelles et gigantesques. Qui n'est frappé de certains changements qui s'opèrent et transforment la société tout entière et ne voit que tel remède jadis excellent va devenir inefficace, sans qu'on sache comment on le remplacera ?

Ainsi, pour n'envisager qu'un seul point de la question, on sait que, presque toujours, et en tous temps, les grands centres ont été des foyers de révolte et d'innovations dangereuses, toujours de mollesse et de corruption, mais, à côté d'eux, il y a eu jusqu'à ce jour, une force bien différente, considérable, quoiqué latente, où, en des temps difficiles, la société trouvait parfois un refuge, son salut, et, en tous temps, une pépinière de soldats, sains de corps et d'esprit, pour porter son drapeau par delà la frontière, et la défendre contre les peaux rouges de la civilisation.

Cette force, ce refuge, c'était la campagne intacte et isolée, ne connaissant que l'agriculture et les traditions locales, ignorant la ville, et souvent ne l'aimant pas. C'est cette puissance qui s'est manifestée en produisant l'*unique*, l'héroïque Vendée, et cette rude chouannerie, qu'on a mieux aimé calomnier que savoir et comprendre.

C'est encore elle et elle seule, on ne le répétera jamais trop, qui fit les votes des 10 et 21 décembre; elle entraîna la ville par sa force numérique, son initiative, son unanimité. Ce sont les campagnes qui ont voulu et fondé le gouvernement actuel, elles étaient encore guidées par l'esprit de l'ancienne France, esprit d'ordre, d'unité, de décision.

Or, que se passe-t-il tous les jours sous nos yeux, malgré nous et par nous? L'influence de la campagne, l'originalité, l'indépendance du paysan, s'efface et s'annule progressivement au profit de la ville ou plutôt du citadin qu'elle renferme. Paris anime les grands centres secondaires, tout s'y dit, tout s'y fait par lui, d'après lui, sur son patron. La ville de seconde classe est le soleil du villageois, il va s'y divertir et s'y former. Enfin le village se fond, de plus en plus, avec la campagne dans le sens du mot le plus restreint, en l'absorbant.

Aussi, dans tous les pays d'ancienne foi, nous voyons de mauvaises villes au milieu d'excellentes campagnes, et nous y savons l'esprit de celles-ci se perdre de jour en jour plus complétement.

La France entière devient une seule province, que dis-je? une seule cité avec une banlieue. Ce changement (et je ne sache pas qu'il s'accomplisse de notre temps de modification plus grave, plus compréhensive que celle-là) est l'effet de l'amélioration et de la multiplicité des voies de communication, dont le règne bientôt général des chemins de fer, va compléter et décupler la puissante influence.

Or, ceci est un fait nouveau, immense,

qui fera à la société une situation qu'elle n'a point encore eue, et appelle, plus que jamais, toute l'attention, toute la sollicitude du législateur sur la ville, désormais élément, partie plus importante qu'autrefois.

Que fût devenue la France, en juin 1848, si tout le pays eût été animé du même esprit. Ne pourrait-il pas se faire que toute la France, faite à l'image des villes, fût quelque jour dans les idées et les dispositions de Paris en juin 1848?

IX

Ces idées, ces conseils, si je les émets, c'est avec espérance; naguère, ce n'aurait pu être qu'une protestation, une espèce de défi jeté à la société; aujourd'hui, c'est avec de tous autres sentiments que je les écris.

De grandes et bonnes choses ont été accomplies depuis dix mois, de vertes leçons ont été données, l'espoir des gens restés sages a été promptement réalisé, souvent dépassé.

Les choses en resteront-elles là? l'impulsion vigoureuse et salutaire qui nous a fait tant de bien s'arrêtera-t-elle dans son œuvre réparatrice? s'alanguira-t-elle, ne nous ayant arrêtés sur le bord de l'abîme que pour nous en faire savourer toute l'horreur. C'est ce que nul ne sait, et ce que l'histoire burinera bientôt sur la page la plus impérissable qu'elle ait jamais écrite.

Quand apparaîtra-t-il le législateur moderne, ce nouveau Sylla, non incomplet comme celui-ci, mais glorieux et irrésistible comme le véritable fondateur?

Il aura des idoles à renverser, des passions à renfreindre, des colères à briser, des courages à relever; il faut qu'il soit à la fois l'homme des journées décisives et celui des temps où la patience seule peut venir à bout des obstacles. Être Romulus et Numa, c'est une tâche difficile ; mais, avec l'aide de Dieu, il y suffira.

Les hommes du temps actuel ne me comprendront point, c'est à ceux qui ont véritablement gardé les traditions du passé et ont foi en un avenir radicalement différent et meilleur que j'adresse ces courtes réflexions ; car où le faux libéralisme n'a-t-il pas porté sa souillure ? ce n'est que d'hier qu'il a commencé à s'inoculer aux masses, mais voici plus d'un siècle qu'il ronge et détruit les classes d'élite de tous les pays de l'Europe.

Qui n'est frappé de cette absence d'énergie qui est le caractère le plus saillant de la pensée et des tendances qui dirigent les cabinets européens ? comment s'expliquer autrement que, parmi tous ces jeunes hommes qui, de temps en temps, sont venus prendre la direction suprême des affaires de leurs peuples, il ne s'en trouve pas un seul qui fasse exception à l'invariable uniformité des autres souverains, ne fût-ce que par quelque excentricité de caractère ? Ce sont cependant des descendants ou des alliés des Henri IV, des Charles XII, des Frédéric II, des Guillaume de Nassau, des Marie-Thérèse.

Dans des temps où trônes et peuples se meurent en plein *statu quo*, en pleine paix, en pleine prospérité, ne pourrait-on pas avoir quelque espoir fondé qu'un peu de désordre à la surface de l'association européenne ne produisît quelque salutaire réaction à l'intérieur ?

Cependant, depuis trente-sept ans, rien de sérieux n'a été entrepris par la souveraineté européenne. Il est vrai que tout a été dit, mis en projet, protocolé, discuté ;

mais exécuté, point. Si quelque énergie a été déployée sur certains points de l'Europe, ce n'a jamais été que dans un but de conservation quand même, jamais d'initiative. Quant à celle-ci, il semble qu'ayant été répudiée par la haute puissance directrice, elle soit passée tout entière dans les rangs du peuple, et, notez bien, du peuple révolutionnaire.

Tous les changements importants qui ont été accomplis en Europe depuis longtemps l'ont été par la Révolution. Le conservatisme royal et aristocratique européen n'a eu qu'à enregistrer les changements qui lui étaient imposés, les insultes qui lui étaient faites.

En 1830, chute de la royauté légitime, inauguration d'une monarchie républicaine. Plus tard, la Belgique se moque des traités et se fait accepter par la Sainte-Alliance.

L'Espagne, le Portugal, envoient promener tous les droits les plus incontestés, font écrire des testaments à la fantaisie de quelques ambitieux isolés, et tout cela passe. Enfin, en 1847, le sunderbund suisse, nonobstant des droits inscrits tout au long dans tous les traités européens, malgré des intérêts politiques et sociaux considérables, compromis par sa défaite, périt victime de l'agression la plus monstrueusement injuste, aux éclats de rire de toute la démagogie européenne, et cela, en pleine paix, à quatre pas de gouvernements qui disposaient souverainement d'armées de quatre à cinq cent mille hommes. Tout ceci ressemble à du vertige ou à de la prudence poussée jusqu'à la déraison.

Quand la fortune, dit le poëte de l'antiquité, veut perdre une puissante dynastie ou abattre les orgueilleuses murailles d'une cité superbe, on la voit, cachée sous quelque forme de sinistre augure, sur les créneaux élevés d'un palais ou d'une citadelle, secouer sur un peuple sacrifié un esprit de vertige et d'erreur, ou remplir les cœurs de ceux qui président à de hautes destinées de trompeuses espérances ou de funèbres terreurs. On croirait volontiers à la réalité de la fantaisie antique.

On répondra sans doute à cela que ce qui est taxé par certains esprits mécontents et chagrins de faiblesse et d'imprévoyance pourrait bien, au lieu de cela, mériter les éloges d'une opinion plus éclairée et moins prompte au blâme; que ceux qui jugent d'aussi hautes personnes et d'aussi grandes pensées si facilement, si sévèrement, devraient, si ils étaient plus sincères dans leur examen des hommes et des choses, reconnaître la plus rare sagesse, la plus honorable modération, là où ils s'ingèrent de voir de la faiblesse.

Nous leur répondrions que toute cette sagesse profonde ne se doutait pas du gouffre béant de 1848, des dangereuses saturnales de Paris, de Vienne, de Berlin, de Rome et de Francfort. Le maître de la maison donnait des fêtes dans un édifice miné à sa base, il aurait mieux fait de songer à son testament.

L'homme d'État voit le mal à l'avance, et, quand il a un caractère grave ou mortel, il le combat à outrance, franchement, sans hésitation. On n'arrête pas une maladie par des palliatifs. On n'empêche pas la chute d'un édifice en recrépissant ses murailles détruites. Il faut être radical, par le temps qui court, ou n'être rien du tout.

La flétrissure de la chute du sunderbund reste ineffacée.

Autrement comprenaient leur mission de princes et de législateurs les hommes dont l'histoire raconte, d'âge en âge, la salutaire initiative. Gustave-Adolphe entreprenait hardiment une guerre lointaine pour préserver l'avenir de la foi nationale de son pays. Charles V et Louis XIV assurent la grandeur future des nations qu'ils avaient l'honneur de diriger par de grandes annexes, par des guerres à grandes vues, comme celle de la succession d'Espagne. Que seraient devenues d'aussi importantes questions, en nos temps d'habileté bavarde, de projets sans résultat, d'idées sans suite ?

Qu'est devenue la question suisse, la question douanière allemande, la grande question d'Orient. Tout cela reste à l'état d'énigme et d'intrigue, jusqu'à ce que la révolte et la révolution les tranche à son profit, et cet état de choses paraît devoir rester tel, à moins que les conseils européens ne se modifient par de grands et décisifs exemples.

Toute cette faiblesse, toute cette inconséquence, tient, comme tout le reste, à ce que l'atmosphère générale de l'Europe est profondément viciée, et surtout dans les hautes régions. On y respire je ne sais quel air, fade et bête comme le libre échange, prétentieux et guindé comme l'anglicanisme en personne.

C'est toujours le libéralisme appliqué, produisant la révolte grossière de tous les appétits là où ils sont tous à satisfaire ; le sensualisme épicurien, le goût du bien-être raisonné et exclusif à toute autre pensée, à tout autre sentiment, là où tous les désirs peuvent être satisfaits.

C'est le même poison qui a rongé la puissance noble et aristocratique en France ; puis l'essai de rénovation par la bourgeoisie, qui, aujourd'hui comme hier, chez nous, abaisse et énerve incessamment toutes les aristocraties europénnes, amoindrit et déflore toutes les couronnes, pour les livrer, un peu plus tard, au mépris et à l'insulte de la révolte triomphante.

Voilà ce qui se passe plus ou moins partout. Partout on trouve les mêmes symptômes de cette maladie qui détruit l'Europe depuis cent ans. L'abaissement physique et moral de toutes les classes élevées par le bien-être, l'oisiveté, le sensualisme devenu le catéchisme, le vademécum du prince, du noble et du bourgeois.

Nous, fils aîné de la civilisation moderne, nation novatrice et entreprenante, avant toutes, nous avons été attaqués les premiers, nous avons donné le mauvais exemple, tracé le triste sillon de notre ruine et de celle des autres, comme jadis celui de grandes et bonnes choses, des expéditions lointaines, des mœurs et des manières ; puissions-nous aussi en guérir les premiers ; et, tandis que d'autres erreront encore longtemps dans les ténèbres d'où nous pouvons peut-être avoir l'espoir de sortir enfin, revenir, de bonne heure, à ces conseils de raison et de vraie prudence qui sont la base nécessaire de toute puissance, de toute vitalité, et ne sont pas seulement, pour nous, des conditions de stabilité et de gloire, mais d'existence et d'avenir, le seul moyen de salut, à une époque de crise décisive et suprême.

Octobre 1852.

FIN.

www.ingramcontent.com/pod-product-compliance
Ingram Content Group UK Ltd.
Pitfield, Milton Keynes, MK11 3LW, UK
UKHW022041070726
13613UKWH00002B/626